MW01124624

El camino más corto

Editorial Bambú es un sello
de Editorial Casals, S.A.

Tel. 902 107 007
www.editorialbambu.com
www.bambulector.com

Diseño de la colección: Miquel Puig

Séptima edición: abril de 2011
ISBN: 978-84-934826-5-7
Depósito legal: B-13.377-2011
Printed in Spain
Impreso en Índice, S.L.,
Fluvià, 81-87, 08019 Barcelona

EL CAMINO MÁS CORTO

Sergio Lairla
texto
Gabriela Rubio
ilustraciones

¡Vacaciones!

Ese día no sonó el despertador. Clara abrió un ojo y comprobó que no era un sueño. Era el primer día de las vacaciones y todo tenía que ser diferente para estrenar la mejor época del año. Se vistió con mucha más rapidez que cualquier otro día, entró en la cocina y le estampó un beso a su madre:

–¡Buenos días, queridísima mami!

Su madre, acostumbrada a verla entrar con aspecto de tortuga legañosa, se quedó boquiabierta al escuchar un saludo tan alegre, en lugar del habitual «mñosdías» que solía murmurar por las mañanas.

–¿No has olvidado ducharte?

–No –respondió ella satisfecha–. Me ducharé cuando vuelva; en cuanto desayune me voy al río a darme el primer baño del verano.

Clara lo tenía todo calculado y no se olvidaba de nada… ¿O sí?

Pues sí, Clara había olvidado que su amiga Estela tenía que pintar la cerca de su casa esa mañana, y que ella había prometido ayudarla.

«¡Ni hablar!» –se dijo–. «Yo había pensado en comenzar el verano con un buen baño en el río y es justo lo que voy a hacer; ya se me ocurrirá alguna excusa.»

Terminó de desayunar, sacó del armario su traje de baño nuevo y su toalla, y los echó en la cesta de su bicicleta.

–¡Hasta luego! –gritó desde la puerta.

¡Hacia el río!

Clara llegó hasta el cruce del camino que llevaba a la casa de su amiga. Desde el cruce se veía la casa de Estela, y su amiga no estaba junto a la cerca. Clara respiró aliviada y comenzó a pedalear con rapidez. Sin pensar en otra cosa que en el río y en su precioso traje de baño, llegó a la cuesta de la abuela. Clara la llamaba así porque al final estaba el desvío que llevaba a la casa de su abuela. Éste era el camino más corto para llegar hasta el río.

Apenas había comenzado a bajar la cuesta cuando, a lo lejos, vio un pequeño bulto con otro bulto grande al hombro. Cuando estuvo un poco más cerca de aquellos dos bultos... pensó que se iba a derretir como una figurita de chocolate.

–¡Tierra, trágame! –se dijo por lo bajo–. ¿Cómo tengo tan mala suerte…?

Aquel bulto grande era una caja que parecía pesar lo suyo, y el bulto más pequeño era su amiga Estela.

Clara aminoró su velocidad y comenzó a pensar en una buena excusa mientras se acercaba hasta su amiga.

–¡Hola, Estela! –y se apresuró a decir de carrerilla lo primero que se le ocurrió–. Mi madre me ha mandado a... casademiabuela abuscarunostomates y... luegotengoqueirahacerunmontónderecados más.

Habló tan deprisa que se quedó sin respiración. Luego añadió con un suspiro:

–Así que no voy a poder ayudarte con lo de la cerca.

–¡Ah, la cerca! No te preocupes. Mi padre olvidó ayer comprar la pintura, así que me he librado por hoy. Ya te avisaré cuando la tenga.

Clara se quedó como una estatua de hielo, y cuando se dio cuenta de que tenía la boca abierta, se apresuró a decir:

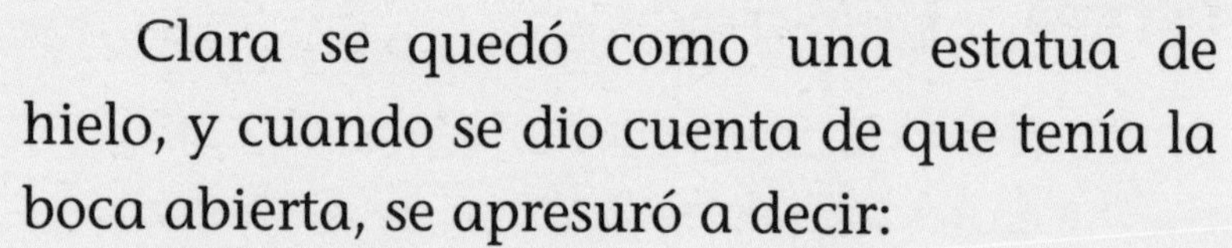

–¡Sí, claro! Tú avísame y lo haremos entre las dos, ¿vale?

–¡Perfecto! Por cierto –añadió Estela–, si vas a casa de tu abuela… pasarás por la casa de doña Nunca-acaba, la mujer de Anselmo. ¿Podrías llevarle este chisme? Es un viejo aparato de radio que le ha arreglado mi padre. Es que tengo pinchada una rueda de la bici y pesa un montón.

–Bueno… No sé si la podremos sujetar bien en la cesta de la bicicleta…

–¡Seguro que sí! Precisamente había metido unas cuerdas en la caja para poder sujetarla en mi bici.

«¿Por qué seré tan bocazas?» –pensaba Clara mientras ataban la enorme caja en la cesta de la bicicleta.

–Gracias, Clara –le dijo Estela con una enorme sonrisa cuando se despidieron.

Estela se quedó contemplando cómo se alejaba su buena amiga. Clara, contrariada, tuvo que desviarse del camino que iba directo hacia el río y tomar en su lugar el que conducía a casa de su abuela y a la casa de Anselmo y de la pesada de su mujer.

Con la radio de doña Nunca-acaba

A Clara no le gustó nada mentir a su mejor amiga; ahora, además, tendría que aguantar el rollo interminable de doña Nunca-acaba.

–¡Eso sí que no! –gritó dando un frenazo–. Primero me daré mi baño en el río y luego entregaré la radio.

Apenas había tomado un nuevo desvío, que desde allí era el camino más corto para llegar al río, cuando…

¡Zas!, saliendo de la primera curva casi se lleva por delante un enorme trasero que ocupaba todo el camino. Aquel enorme trasero era el de la mismísima doña Nunca-acaba, que a punto estuvo de *acabar* rodando por los suelos.

–¡Pero Clara! ¡Por Dios! ¿Qué forma de circular es esa? –gritaba mientras recomponía su delantal. Después fijó su mirada en la caja que Clara llevaba amarrada en su bici:

–¿No es esa mi radio?

–¡Pues sí! Iba a llevársela a su casa, lo que pasa... –comenzó a balbucear Clara mientras improvisaba una nueva excusa–, lo que pasa... es que... tengo que ir primero... alpueblo-paradarleunrecadomuyurgentealseñorBasilio.

–¡Huyyyy...! ¡Pues me vienes de perlas, porque verás...!

Y la pesada de doña Nunca-acaba comenzó a dar a Clara una interminable explicación de cómo había tejido una preciosa colcha para regalársela a la mujer de Basilio y bla, bla, bla...

–Así que, si eres tan amable –terminó doña Nunca-acaba su parloteo–, la ponemos junto a mi radio y me ahorras una caminata.

Clara contuvo las ganas de gritar «¡ni hablar!». En su lugar, le dedicó una sonrisa falsa mientras respondía:

–Pues claro, no faltaba más.

Aquello ya era demasiado fastidio, así que Clara se alejó rápidamente antes de que doña Nunca-acaba siguiera con sus explicaciones. Ahora no tenía más remedio que continuar hacia el pueblo y dejar a un lado aquel atajo que conducía hasta el río.

La radio… y la colcha

A pesar de que se habían complicado las cosas, Clara seguía sin abandonar la idea de darse un buen chapuzón esa mañana. Pensó que podía llegar hasta la entrada del pueblo y tomar el camino de la alameda, que desde allí era el atajo más corto para llegar al río.

Pero, apenas había comenzado a saborear su nuevo plan, otra figura apareció en su camino: era su abuela. A Clara le pareció que todo era cosa de magia.

–¡Hola, Clarita! ¿Dónde vas con este calor? –le preguntó mientras se acercaba a ella con una caja de tomates sobre la cabeza.

–No…, nada –balbuceó Clara–. Iba al taller a buscar al señor Basilio para…

–Noooo… –la interrumpió su abuela–. Basilio ya no está en el taller. Me he cruzado con él hace un rato. Iba para las eras con su tractor.

–Menos mal que me has encontrado –siguió la abuela–, porque habrías ido hasta el pueblo para nada. Además… así te llevas estos tomates que he cogido para vosotros.

–¡Sí, genial! –respondió ella resignada.

La abuela de Clara colocó la caja de tomates sobre los bultos que iban creciendo en la bicicleta y, después de dar un beso en la frente a su nieta, se dio media vuelta mientras le decía:

–No te canses y ten cuidado con el sol, que hoy pega de lo lindo. ¡Mejor harías dándote un baño en el río!

«Vaya, ¡qué graciosa la abuela!» –pensó Clara con fastidio.

El río quedaba en un lado del pueblo y las eras… justo en el lado contrario.

«Al menos –pensó– aprovecharé para darle a Basilio lo suyo. Esto empieza a parecer un camión de reparto más que una bici.»

La radio, la colcha... y los tomates

Cuando Clara llegó a las eras, ni Basilio ni su tractor estaban allí. Sólo encontró al abuelo de Estela que, al verla tan contrariada, le preguntó que a quién buscaba.

–Busco al señor Basilio.

–Ha regresado al taller –le indicó el abuelo–. ¿Vas a ir a buscarlo?

–¡Qué remedio! –respondió Clara mientras se decía: «¿No estará éste pensando también en...?»

Pues sí, precisamente en eso estaba pensando el abuelo de Estela, que dijo:

–Pues mira, bonita, ¿podrías llevar esta carta a la oficina de correos? Mis piernas cada día están peor, y como la oficina de correos queda cerca del taller...

–¡Claro! –respondió. Si llevaba toda la mañana haciendo el primo, cómo iba a decirle que no al pobre abuelo–. Démela. Total, me cae de paso.

Con la carta del abuelo de Estela en el bolsillo, Clara se dirigió hacia el pueblo. Ya no sabía muy bien si quería darse un baño o montar una agencia de transportes.

La radio, la colcha, los tomates... y la carta

Con tanto pedaleo y tanto desvío de caminos, Clara comenzaba a encontrarse un poco mareada. Estaba ya dispuesta a pasar de largo el pueblo para llegar al río cuando pensó en la carta que llevaba en el bolsillo. Le asaltó una duda: ¿y si se trataba de algo urgente?

Y en éstas estaba, sin saber muy bien qué hacer, cuando apareció Julio, el cartero.

–¡Hola, Julio! ¡Buf! Menos mal que te he alcanzado; así podré darte esta carta que iba a echar al buzón.

–¡Directa a la saca! –bromeó Julio, tan amable como siempre–. Pero, ¿cómo vas tan cargada? Vamos a poner algunos bultos en mi bicicleta y haremos juntos el camino hasta el pueblo.

–¡No, no, Julio! ¡Gracias! –se precipitó a decir Clara–. Es que… primerotengoqueirabuscara… almédicoqueestávisitandocercadelrío. Así que mejor me voy para allá y evito dar un rodeo.

Clara había intentado salvar la situación en el último momento.

Pero estaba claro que no era su mejor día, porque todo su plan se derrumbó de nuevo cuando Julio le dijo:

–¡Ah! Pues si vas buscando al médico, tendrás que hacer el viaje conmigo, porque hoy tiene visita del boticario y estará en el consultorio, justo al lado de la oficina de correos.

La radio, la colcha, los tomates y la carta... con cartero

Clara hizo todo el camino en silencio mientras el bueno del cartero no paraba de hablar. Cada vez le parecía más difícil poder estrenar su nuevo traje de baño. «¡Adiós, río! Me parece que hoy no voy a verte ni en pintura» –pensó Clara.

Cuando llegaron a la plaza, mientras Julio colocaba de nuevo la caja de tomates en su bici, apareció el maestro, que salía del consultorio del médico:

–¡Hola, Clara! ¿Te pasa algo?

–¿A quién? ¿A mí? –contestó ella con cara de moribunda.

–Viene a buscar al doctor –se apresuró a decir Julio.

–Pues el doctor se nos ha escapado –dijo el maestro–. Me acaban de decir que ha terminado su consulta y, como hace tanto calor, se ha ido al río a darse un baño.

–¡Al río! ¡Claro! –susurró Clara, esta vez con un hilito de voz.

–¿Vas a ir a buscarlo?

–¡Qué remedio! –respondió casi sin fuerzas.

–Pues, ya que vas –prosiguió el maestro–, hazme el favor de llevarle esta nota para que se pase por mi casa esta tarde.

Sin decir ni una palabra, Clara tomó la nota y la metió entre los tomates que estaban sobre la colcha que estaba sobre la radio que estaba sobre el nuevo traje de baño que había pensado estrenar esa mañana.

A esas alturas, a Clara le daba lo mismo ir al río que meterse en la cama con quince ranas. Se había olvidado de Basilio y se fue, con colcha y todo, a dar su recado.

Y por fin... ¡el río!

Clara hizo el camino hasta el río sin saber muy bien si lo que le había pasado no era más que una pesadilla. En la última curva, antes de ver el río, oyó risas y chapoteos: alguien había tenido más suerte que ella y lo estaba pasando en grande. Cuando pudo ver el espectáculo que había en el río, sintió que las pilas se le agotaban del todo.

Allí, en el río, estaba el médico chapoteando como un niño. Su amiga Estela saltaba al agua desde el puente. Doña Nunca-acaba daba gritito y los salpicaba a todos.

Su abuela se remojaba los pies en la orilla. El tractor de Basilio tenía cara de querer meterse al agua, y el propio Basilio nadaba como un perrito...

Tambaleándose, Clara sintió que todo le daba vueltas.

Bajó como pudo de su bicicleta e hizo los últimos metros andando. Las piernas le temblaban y le parecía que iba a desplomarse de un momento a otro.

¡Medio pueblo pasándoselo en grande mientras ella jugaba a los repartidores! Aún tuvo tiempo de pensar: «Seguro que todos los vecinos que faltan están agazapados por el camino esperando a que pase yo para mandarme algún encarguito.»

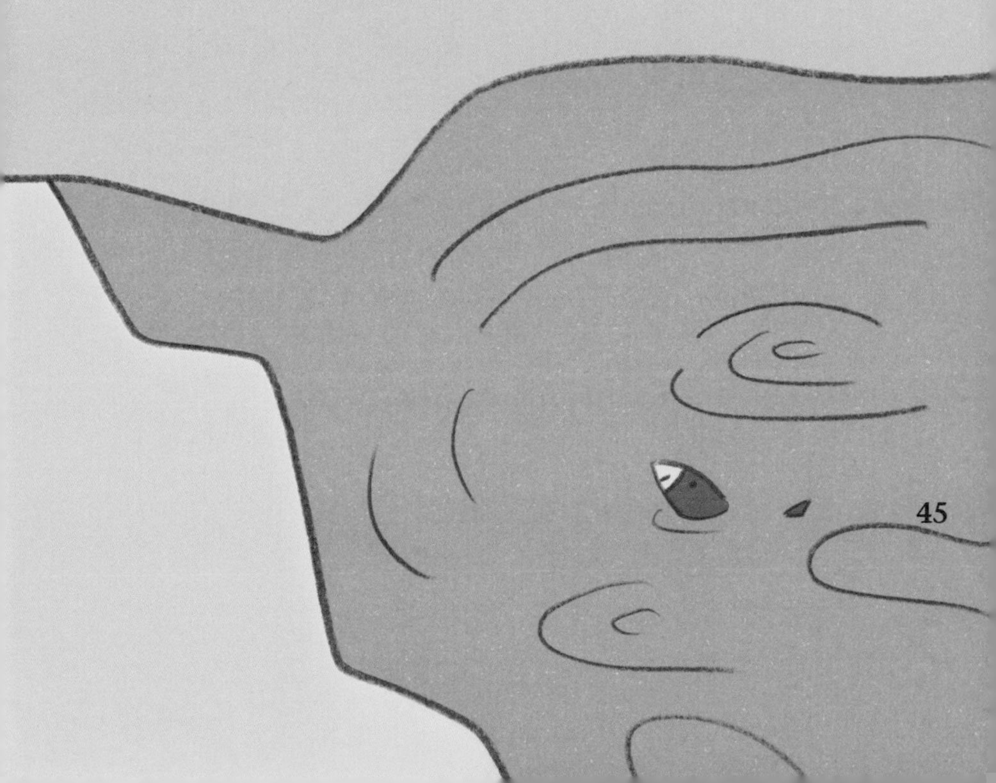

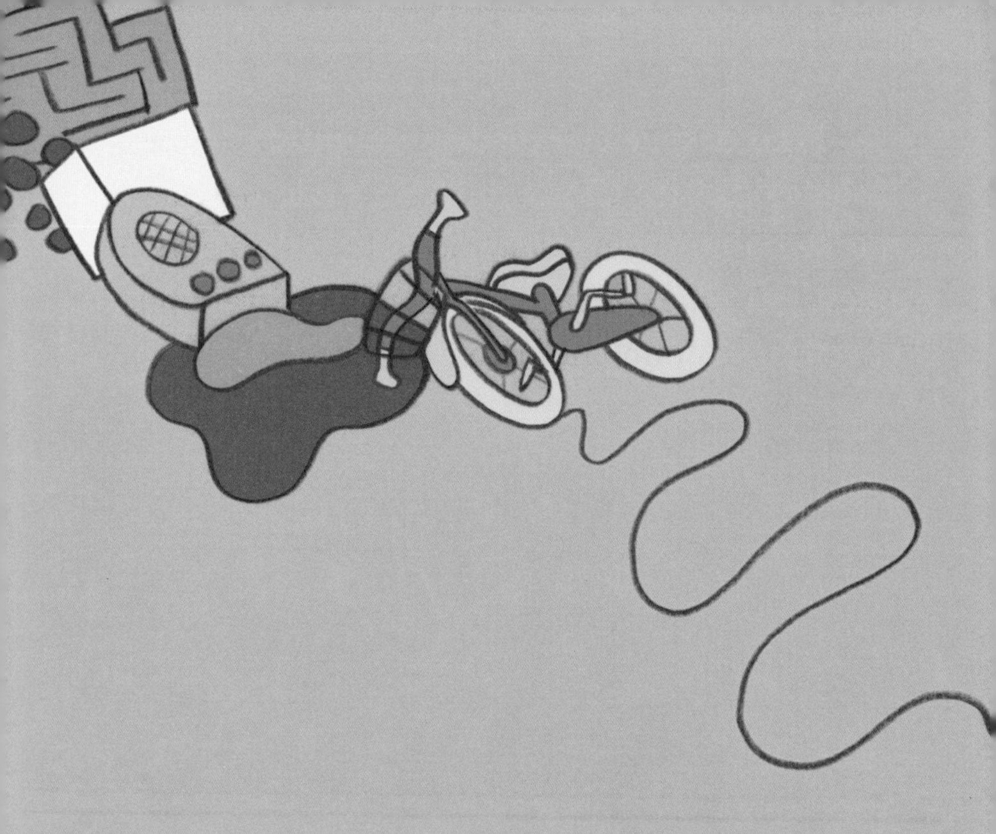

Con el papelito del maestro en la mano se acercó al doctor, que en ese momento salía del agua.

–Doctor, le traigo... un chapuzón, un chapuzón cortito... de parte del señor maestro... –se oyó decir a sí misma.

Y se desplomó.

Poco después, el médico diagnosticó una insolación. Pero Clara ya no lo pudo oír porque se había desmayado. Soñaba que llevaba puesto su traje de baño nuevo y que estrenaba el verano con un chapuzón fantástico.

Bambú Primeros lectores

El camino más corto
Sergio Lairla

El beso de la princesa
Fernando Almena

No, no y no
César Fernández García

Los tres deseos
Ricardo Alcántara

El marqués de la Malaventura
Elisa Ramón

Un hogar para Dog
César Fernández García

Monstruo, ¿vas a comerme?
Purificación Menaya

Pequeño Coco
Montse Ganges

Daniel hace de detective
Marta Jarque

Daniel tiene un caso
Marta Jarque

El señor H
Daniel Nesquens

Bambú Enigmas

El tesoro de Barbazul
Àngels Navarro

Las ilusiones del mago
Ricardo Alcántara

La niebla apestosa
Joles Sennell

Bambú Jóvenes lectores

El hada Roberta
Carmen Gil Martínez

Dragón busca princesa
Purificación Menaya

El regalo del río
Jesús Ballaz

La camiseta de Óscar
César Fernández García

El viaje de Doble-P
Fernando Lalana

El regreso de Doble-P
Fernando Lalana

La gran aventura
Jordi Sierra i Fabra

Un megaterio en el cementerio
Fernando Lalana

S.O.S. Rata Rubinata
Estrella Ramón

Los gamopelúsidas
Aura Tazón

El pirata Mala Pata
Miriam Haas

Catalinasss
Marisa López Soria

¡Atención! ¡Vranek parece totalmente inofensivo!
Christine Nöstlinger

Sir Gadabout
Martyn Beardsley

Sir Gadabout, de mal en peor
Martyn Beardsley

Alas de mariposa
Pilar Alberdi